ESTE LIVRO PERTENCE A:

_____

_____

_____

Que é a criatura mais perigosa da terra

Para Ben (que era tão mortífero com uma lente de aumento). N.D.

Com agradecimentos a Lucy Ingrams. N.L.

Esta obra foi publicada originalmente em inglês com o título
DEADLY! THE TRUTH ABOUT THE MOST DANGEROUS CREATURES ON EARTH
Por Walker Books Ltd, Londres
Copyright © 2012 Nicola Davies, para o texto
Copyright © 2012 Neal Layton, para as ilustrações

De acordo com Copyright, Designs and Patents Act de 1988, está garantido a
Nicola Davies e Neal Layton o direito de serem reconhecidos como autores desta obra.

Todos os direitos reservados. Nenhuma parte deste livro pode ser reproduzida,
armazenada em sistemas eletrônicos recuperáveis, nem transmitida por nenhuma
forma ou meio, eletrônico, mecânico, incluindo fotocópia, gravação, ou outros,
sem a prévia autorização por escrito do Editor.

Copyright © 2014, Editora WMF Martins Fontes Ltda.,
São Paulo, para a presente edição.

1ª. edição 2014

Tradução
Monica Stahel

Revisão técnica
Humberto Conzo Junior

Acompanhamento editorial
Luzia Aparecida dos Santos

Revisões gráficas
Helena Guimarães Bittencourt
Maria Regina Ribeiro Machado

Edição de arte
Katia Harumi Terasaka

Composição e letreiramento
Lilian Mitsunaga

Dados Internacionais de Catalogação na Publicação (CIP)
(Câmara Brasileira do Livro, SP, Brasil)

Davies, Nicola
    Mortíferos! : a verdade sobre as criaturas mais perigosas da Terra / Nicola Davies ; ilustrações Neal Layton ; tradução Monica Stahel. – São Paulo : Editora WMF Martins Fontes, 2014.

    Título original: Deadly! : the truth about the most dangerous creatures on earth.
    ISBN 978-85-7827-836-6

    1. Literatura infantojuvenil I. Layton, Neal. II. Título.

14-02516   CDD-028.5

Índices para catálogo sistemático:
1. Literatura infantil 028.55
2. Literatura infantojuvenil 028.5

Todos os direitos desta edição reservados à
Editora WMF Martins Fontes Ltda.
Rua Prof. Laerte Ramos de Carvalho, 133   01325-030   São Paulo SP Brasil
Tel. (11) 3293.8150   Fax (11) 3101-1042
e-mail: info@wmfmartinsfontes.com.br   http://www.wmfmartinsfontes.com.br

MORTÍFEROS!

A verdade sobre as criaturas mais perigosas da Terra

Nicola Davies

illustrações de **Neal Layton**

tradução de **Monica Stahel**

SÃO PAULO 2014

ASSASSINOS ANIMAIS

Ferroadas e estrangulamentos,

veneno e afogamento,

eletrocussão, explosão, bombardeios e até grude!!

Não, não se trata da descrição de um filme de horror, mas de algumas maneiras pelas quais os animais matam uns aos outros.

De fato, ao observarmos o mundo animal, fica claro que, quando se trata de encontrar meios de ferir e assassinar uns aos outros, os animais são quase tão competentes quanto nós, seres humanos.

ATACAR!

O leão africano
apanha a presa com garras de 5 cm
e a perfura com caninos de 8 cm
— ILH ALTO

A tamarutaca
atinge a presa com a velocidade
de uma bala calibre 22
— ILH BAIXO

ILH = Índice de letalidade humana • **Alto** = Conhecido por atacar ou matar seres humanos • **Baixo** = Raramente ataca ou mata seres humanos • **Zero** = Nunca ataca ou mata seres humanos

O falcão-peregrino
mergulha sobre a presa a 200 km/h
e finca-lhe as garras
 — ILH ZERO

O sapo-ponta-de-flecha
tem veneno mortífero na pele,
que mata quem tenta devorá-lo
 — ILH BAIXO

A víbora-do-gabão
injeta uma dose letal de veneno por
meio de presas ocas de 5 cm
 — ILH ALTO

A formiga-carpinteira
explode para cobrir os inimigos
de grude, matando-os por
bombardeio suicida
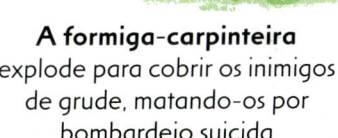  — ILH ZERO

A água-viva caixa
tem 60 tentáculos, cada um com milhares
de células urticantes repletas de veneno
— ILH ALTO

O besouro-bombardeiro
espirra líquido tóxico
fervente pelo ânus
 — ILH ZERO

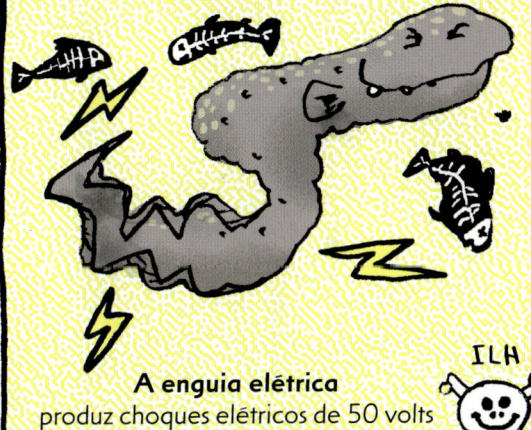

A enguia elétrica
produz choques elétricos de 50 volts
para matar suas presas
 — ILH BAIXO

A naja-cuspideira
esborrifa veneno nos olhos dos
animais que a ameaçam
 — ILH ALTO

É claro que esse tipo de violência no mundo natural não nos deveria surpreender. Muitos animais são predadores — assassinos profissionais que precisam matar suas presas para sobreviver. A evolução equipou essas criaturas com armas letais, como dentes, garras e venenos, velocidade excepcional, ardileza e força.

Mas nem só os predadores têm seus expedientes. Assim como eles desenvolveram melhores meios de matar, as presas também desenvolveram meios mais eficazes de escapar ou reagir. O resultado é um planeta cheio de animais armados, perigosos e mortíferos!

FELINOS MATADORES

Os grandes felinos são os principais predadores dos *habitats* ao redor do mundo e são equipados para matar. Geralmente agem à noite, quando sua visão é seis vezes mais potente do que a nossa, e se torna fácil localizar vítimas desavisadas. Sua audição aguçada ajuda a captar todos os ruídos e seu olfato sensível detecta os mais leves cheiros de suas presas. Com suas patas almofadadas, que abafam o ruído de seus passos, e camuflados por sua pelagem conseguem chegar muito perto da presa para atacar. Suas garras chegam a 5 cm de comprimento e, quando fora de uso, elas se retraem, mantendo-se assim sempre afiadas. Funcionam como ganchos, agarrando-se à presa e puxando-a para baixo. Os grandes felinos têm na boca várias ferramentas de açougueiro para lidar com seu desafortunado jantar: dois pares de dentes caninos, verdadeiros punhais de 8 cm de comprimento, que propiciam uma mordida mortífera; pré-molares (chamados de dentes carniceiros) em forma de lâminas de tesoura, que servem para cortar a carne em bocados; e uma língua áspera como lixa, usada para raspar a carne dos ossos. Músculos maxilares enormes possibilitam-lhes uma mordida tenaz e impedem que a mandíbula se mova para os lados quando a presa se debate na tentativa de se soltar.

Todos os felinos — mesmo os pequenos — têm esses equipamentos mortíferos,

TIGRE

mas cada espécie os utiliza de maneira um pouco diferente. Em sua maioria eles são caçadores solitários, que se aproximam da presa usando de ardileza e camuflagem. Depois, basta um bote rápido e uma mordida afiada para conseguirem seu jantar.

JAGUAR

O maior de todos os felinos, o tigre, tem a pelagem listrada para se camuflar. Assim que agarra a presa — um veado ou um porco selvagem —, dá-lhe uma mordida na garganta ou na nuca. Seu primo sul-americano é a onça-pintada. Ela é menor e, com sua pelagem malhada, consegue se disfarçar na mata. Seus maxilares extremamente fortes permitem-lhe matar a presa esmagando-lhe o crânio com uma mordida inexorável atrás da cabeça.

CHOMP!

LEOPARDO SUPERFORTE

Como a onça-pintada, o leopardo tem a pelagem manchada, que o faz confundir-se com o cenário em que vive. Mas, na Índia e na África, compartilha seu *habitat* com tigres e leões, que têm o dobro de seu tamanho, por isso precisa de alguns expedientes a mais para enfrentar a concorrência. Em primeiro lugar, o leopardo é particularmente sorrateiro e consegue chegar a 2 metros da presa sem ser detectado. Em segundo lugar, é extremamente forte e hábil em subir nas árvores. É capaz de carregar uma presa com o dobro de seu peso até uma altura de 10 metros, onde felinos maiores não conseguem alcançá-lo.

ALMOÇO

JANTAR

Os leões também usam de ardileza e camuflagem, mas, diferentemente de outros felinos, trabalham em equipe. Vivem e caçam em grupos familiares chamados alcateias. Alguns membros do grupo saem para caçar enquanto outros ficam de tocaia. A presa é perseguida e agarrada por patas e garras, depois é morta por sufocamento. Um membro do grupo esmaga a traqueia do animal, ou tapa-lhe a boca e o nariz com uma mordida, como um grampeador gigante. Trabalhando juntos, os leões matam zebras e gnus, e conseguem agarrar até hipopótamos e elefantes.

ESCALA DE TAREFAS

CAÇAR A ZEBRA

DEPOIS PERSEGUIR E...

TOCAIAR A ZEBRA

VELOCIDADE MORTAL

A chita tem os dentes afiados e cortantes, mas não tem o tamanho e a força dos outros grandes felinos. Em compensação, tem velocidade. Ela tem o corpo leve e magro, pernas longas e uma espinha dorsal que funciona como uma mola, por isso com um só impulso ela é capaz de dar um salto de 8,5 metros de extensão.

Suas garras não são retráteis: estão sempre expostas e funcionam como as travas dos tênis de corrida. Tudo isso torna a chita um dos quadrúpedes caçadores mais rápidos do planeta, duas vezes mais veloz do que o mais rápido dos velocistas. Atinge 96 km/h em alguns segundos. Persegue antílopes e os derruba, para matá-los com uma mordida no pescoço. Mas a chita não consegue correr por muito tempo. Se não alcança a presa em cerca de 60 segundos, fica superaquecida e é obrigada a parar.

CÃES DE PONTA!

Os grandes felinos têm dentes e garras grandes, mas não apanham alimento com muita frequência. A cada três caçadas de um leão, só uma resulta em morte, e a chita só mata uma vez a cada quatro caçadas. Um matador eficaz é o cão. Os cães também têm sentidos muito adequados para rastrear sua presa e ferramentas mortíferas de alta eficácia em seus maxilares. Mas, diferentemente dos felinos, o cão tem os maxilares longos, o que lhe confere uma mordida mais poderosa, e ele também é capaz de correr e continuar correndo.

Os cães selvagens africanos são mais ou menos do tamanho de um *collie*. Caçam em matilhas e em quase todas as caçadas conseguem apanhar alguma coisa. Em proporção a seu tamanho, mordem mais forte do que o lobo, seu primo canídeo. Mas o segredo do seu sucesso na caça é a habilidade de correr por horas a fio, até cansar o animal que estão perseguindo. Então a matilha cerca a presa, um ou dois cães mordem seu focinho para mantê-la quieta, e os outros lhe mordem a barriga, deixando seu intestino à mostra. A matilha pode começar a devorar a vítima antes mesmo que ela esteja morta.

A obstinação torna os cães selvagens caçadores mais eficazes que os felinos. Mas pode ser também sua ruína.

Os cães selvagens africanos gastam tanta energia na caça que, se a velocidade com que matam diminuir, por pouco que seja, eles podem morrer de fome. Os felinos, no entanto, podem permanecer inalterados ao longo de um tempo de insucesso.

GRANDE LOBO MAU

O maior de todos os canídeos é o lobo. Tem duas vezes o tamanho do cão selvagem africano e pode pesar tanto quanto um ser humano adulto. Tem uma mordida poderosa — só superada pela do cão selvagem africano — e é um ótimo corredor: chega a uma velocidade máxima de 64 km/h e é capaz de manter um ritmo regular por 32 km. Percorre mais de 40 km entre uma matança e outra e despende metade de seu tempo se deslocando.

Os lobos frequentemente caçam em grupo e trabalham juntos para pegar suas presas. Mas encontrá-las depende de sua habilidade para identificar pequenas pistas olfativas, visuais e sonoras que lhes mostram onde há alimento, em qualquer *habitat* ou estação.

Diferentemente dos felinos, os lobos conseguem alterar a maneira de digerir seu alimento, de modo que podem comer quase tudo o que lhes aparece pela frente.

Em outros tempos, os lobos foram os predadores mais prósperos e disseminados do planeta. Eram encontrados em toda a Europa, América do Norte e Ásia, dos desertos ardentes às vastidões nevadas do Ártico. Eram tão prósperos que se tornaram muito malquistos pelos seres humanos, pois devoravam carneiros e gado. Hoje os lobos só sobrevivem nos lugares em que há pouca gente para matá-los.

De fato, só há um predador cuja reputação junto aos humanos é pior do que a do lobo: o tubarão.

TUBARÃO

Os grandes tubarões predadores são assustadores, é como se fossem criaturas saídas de um filme de terror para o mundo real. Sua visão é supersensível ao movimento, de modo que conseguem enxergar coisas que aos nossos olhos seriam apenas borrões. Conseguem sentir cheiro de sangue na água a quilômetros de distância e sua pele sente as mínimas ondulações que suas presas produzem ao nadar. Além disso, têm na cabeça pequenos poros cheios de gel (denominados "ampolas de Lorenzini") que captam a eletricidade dos nervos das presas, possibilitando que eles mordam suas vítimas mesmo que não as enxerguem.

O tubarão depende inteiramente de sua mordida. Sua boca tem fileiras de dentes, uma atrás da outra, de modo que, se um dente cai, é substituído imediatamente. Cada dente tem forma triangular, o que lhe dá força, e é serrilhado nas bordas, como faca de cortar carne. Quando o tubarão morde, a mandíbula inteira, com suas centenas de dentes, move-se para a frente, ligeiramente para fora da boca, e se fecha com força suficiente para cortar a carne e o osso como uma faca quente corta manteiga.

Os tubarões chegam a ser, de fato, muito grandes. Os maiores tubarões predadores – o grande tubarão-branco e o tubarão-tigre – podem atingir mais de 6 metros de comprimento. Podem atacar e comer quase tudo, desde imensas tartarugas marinhas até golfinhos, mas há uma criatura do mar que tem uma mordida mais poderosa...

LOBOS NA ÁGUA

A baleia assassina, ou orca, pode ter dois metros a mais do que o maior dos tubarões-brancos. Ela tem 40 ou 50 dentes em forma de cone, voltados para trás, cada um com 7,6 cm de comprimento. Sua boca tem tamanho suficiente para cortar uma foca ao meio com uma mordida.

Mas não são apenas a boca grande e os dentes afiados que fazem da orca uma assassina. Como os lobos, as orcas caçam em bandos e, para trabalhar em equipe, comunicam-se por meio de assobios e estalos. Isso, aliado a sua habilidade para encontrar presas em águas profundas por meio da ecolocalização, lhes proporciona muitas técnicas de caça diferentes: podem pastorear peixes como cães pastores submarinos; podem arrastar placas de gelo e incliná-las para fazer com que focas em repouso escorreguem para dentro de suas mandíbulas; podem surfar na direção das praias para agarrar filhotes de leões-marinhos nos baixios. As orcas têm técnicas especiais para matar tubarões: podem virá-los de cabeça para baixo, para imobilizá-los, ou então impedir que se desloquem para que a água não flua por suas guelras, o que bloqueia sua respiração.

Talvez esses meios de matar seu jantar pareçam especialmente repulsivos, no entanto os crocodilos fazem coisa pior.

GIRA-GIRA

Um crocodilo grande pode ter mais de 5 metros de comprimento (o maior já registrado tinha pouco mais de 7 metros). Mas, apesar de seu tamanho, o crocodilo pode tornar-se quase invisível na água, mantendo-se imóvel, próximo da superfície, apenas com os olhos e o nariz para fora. Então ele dá um bote e agarra sua presa com uma força que dá para erguer um carro. Com cerca de 68 dentes em forma de cone, segura a vítima e a leva para debaixo da água, onde ele mesmo consegue prender a respiração por duas horas, tempo suficiente para afogar a presa – uma zebra ou um gnu, por exemplo. O crocodilo então aplica o chamado "giro da morte": fecha a mandíbula em torno de uma parte do corpo da vítima – como a cabeça ou uma perna – e roda na água, torcendo-a até arrancá-la.

AS GARRAS MAIS RÁPIDAS

Quando se trata de matar, o tamanho não conta. Os animais que têm o soco mais poderoso poderiam se esconder embaixo da pata de um leão.

A tamarutaca é do tamanho de um estojo de lápis. Vive em tocas em recifes tropicais e suas cores alegres podem enganar, levando a crer que são decorativas e inofensivas. Longe disso. Suas duas patas frontais são modificadas, constituindo um punhal farpado ou um porrete brutal. A tamarutaca pode disparar essas armas contra seu alvo à velocidade de uma bala calibre 22. Assim, mesmo que ela erre o alvo, a onda de choque criada deixa a vítima atordoada.

Mas a mordida mais dura e rápida do mundo animal pertence à formiga-de-estalo das florestas da América Central e do Caribe. Essa formiga é capaz de fechar suas mandíbulas em forma de pinça 2.300 vezes mais depressa do que piscamos o olho. É uma velocidade tão grande que as mandíbulas criam uma força equivalente a 300 vezes o peso do corpo da formiga – má notícia para as lagartas que ficam presas entre elas. Tanto essa formiga quanto a tamarutaca têm um sistema de trava que lhes dá essa força. Os músculos puxam as patas ou as mandíbulas para trás e as mantêm erguidas e preparadas, como uma flecha na corda retesada de um arco. Quando a trava se solta, toda a energia contida é liberada numa fração de segundo, disparando as patas ou as mandíbulas, como a flecha dispara quando se solta a corda do arco.

UM CHOQUE MUITO VIOLENTO

Consideramos a eletricidade uma invenção humana, mas há milhões de anos os animais a utilizam para transportar mensagens pelo corpo e desencadear o movimento dos músculos. A eletricidade no nosso corpo acenderia uma lâmpada, mas há uma criatura que tem força elétrica suficiente para iluminar uma casa inteira, e ela é acionada como arma.

A enguia elétrica se desloca sorrateira pelo fundo dos rios lodosos da América do Sul, parecendo uma meia inflada. Ela transformou seu sistema de envio de mensagens para os músculos de tal modo que três quartos de seu corpo, com 2 metros de comprimento, se aplicam em produzir eletricidade. Quase todo o tempo a enguia gera um suave impulso elétrico de apenas alguns volts, para criar um campo elétrico à sua volta. Qualquer objeto que entre nesse campo provoca distúrbios no fluxo elétrico; a enguia sente essas alterações e as utiliza para navegar pela escuridão e pelo lodo.

Mas, quando encontra uma criatura que lhe sirva de alimento ou um animal maior que a ameace, a enguia elétrica é capaz de gerar 500 volts de eletricidade – duas vezes mais do que as tomadas das nossas paredes e o suficiente para matar um ser humano que esteja por perto. Isso significa que a enguia é capaz de atordoar criaturas pequenas, para devorá-las, e de manter a uma distância segura criaturas maiores, como onças e seres humanos.

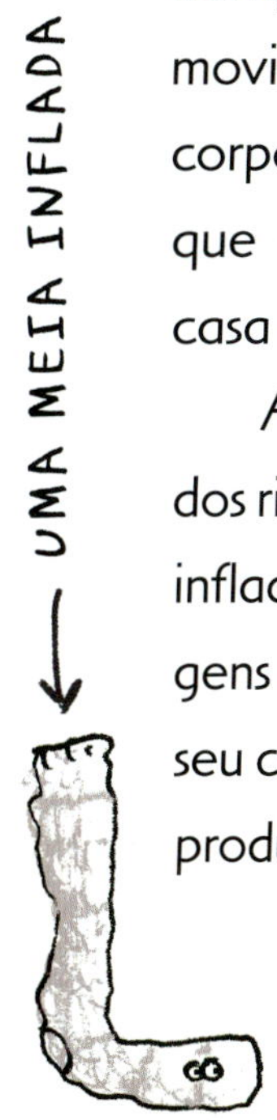

ALADOS E LETAIS

Até agora falamos muito sobre assassínios em terra e na água, mas e a morte que vem do ar? Aves de rapina estão entre os mais ferozes assassinos do planeta. Usam o bico para rasgar carne e ossos, usam as garras e os esporões para matar.

A coruja é uma saqueadora consumada. Com seus olhos imensos, é capaz de enxergar mesmo com uma quantidade mínima de luz. Suas orelhas, assentadas em diferentes alturas dos dois lados da cabeça, detectam precisamente a origem de cada som. Além disso, as plumas macias de suas asas fazem com que seu voo seja completamente silencioso, assim a presa não tem ideia de que está prestes a ser morta por garras afiadíssimas.

Gaviões e falcões são caçadores diurnos, com uma visão nove vezes mais aguçada do que a nossa; a águia-real é capaz de localizar uma lebre na encosta de uma montanha a uma distância de mais de um quilômetro. A morte por estocada vinda do ar pode acontecer de vários modos diferentes: a águia espreita do alto, o gavião persegue e agarra. Mais mortal ainda é o bombardeio do falcão-peregrino, que mergulha sobre sua presa voadora de uma altura de centenas de metros, como um míssil emplumado. Pode alcançar velocidades de 200 km/h ou mais e experimentar forças gravitacionais maiores do que aquelas a que são submetidos pilotos de aviões de combate. Ele atinge seu alvo com uma força mais de 25 vezes maior do que o peso de seu corpo, e é capaz de matar um pombo instantaneamente quebrando-lhe o pescoço.

MATADORES SEM PERNAS

Como pode ser letal quem tem um corpo que é apenas um tubo magricela? Esse é o problema enfrentado pelas serpentes, e, como todas as suas 2.700 espécies são predadoras, fica evidente que a evolução lhes ofereceu algumas soluções.

Uma solução é usar o corpo para estrangular. Serpentes constritoras, como as pítons e as jiboias, se enrolam na presa e a esmagam até a morte. Outra solução é o envenenamento. Cada espécie de serpente peçonhenta tem um veneno diferente, um coquetel mortífero de 20 ou mais substâncias químicas, causando a morte por vários meios: alguns paralisam as vítimas, outros a sufocam ou causam parada cardíaca, alguns simplesmente dissolvem sua carne. Todos são liberados numa mordida extraordinariamente rápida, de apenas uma fração de segundo. O veneno sai de bolsas localizadas em torno da mandíbula da serpente, escorre pelos dentes e se introduz através do ferimento causado pela mordida. As serpentes mais avançadas, como as víboras, têm dois dentes ocos e pontiagudos que funcionam como seringas hipodérmicas.

Depois disso, o único problema é a deglutição, pois as serpentes não têm dentes para mastigar e com frequência matam animais maiores do que elas. Seu osso mandibular é fracamente articulado com o crânio e é dividido em duas partes, que se abrem na frente. Assim, elas são capazes de abrir a boca amplamente e esticá-la lentamente sobre a presa.

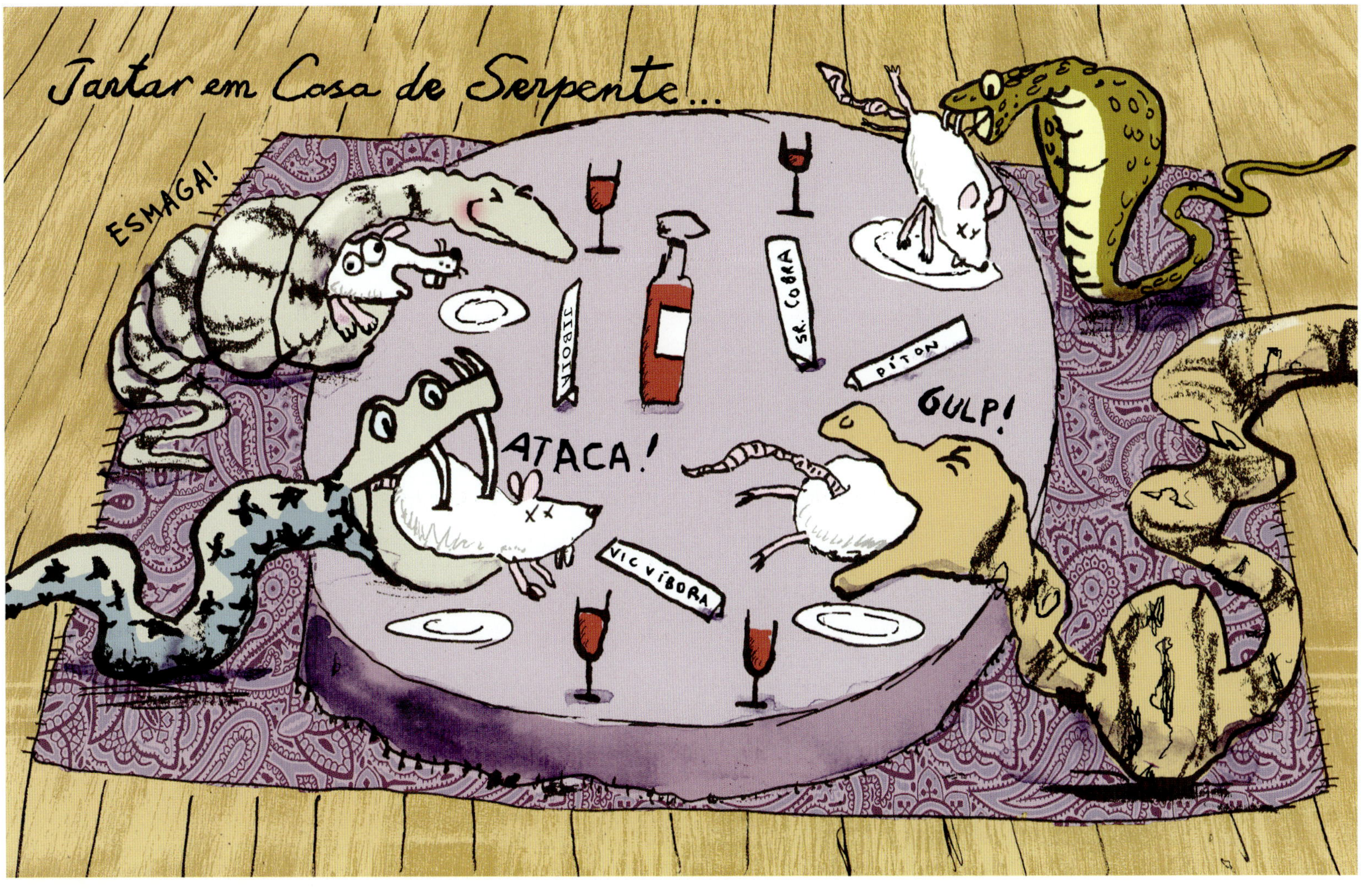

PEQUENINO E TÓXICO

O veneno é um meio muito eficaz de matar, usado também por muitos animais bem pequenos. Quase todas as 40.000 espécies de aranha do mundo têm glândulas de veneno ligadas a um par de presas que elas têm bem na frente da boca. Mas seu sucesso como matadoras está ligado às duas extremidades de seu corpo — com os fios produzidos por glândulas em seu traseiro elas montam armadilhas ardilosas, desde laços e fios detonadores até redes. A aranha-cuspideira combina as faculdades de suas duas extremidades, trazendo o traseiro na direção da cabeça quando está prestes a matar. Ela lança um fio viscoso pelo traseiro e veneno pelas presas para imobilizar sua presa e ao mesmo tempo envenená-la.

O mais tóxico dos pequenos animais não vive em terra, mas no mar: a água-viva caixa. Na verdade, ela não é uma verdadeira água-viva, mas faz parte de um grupo antigo de seres vivos que existem há 540 milhões de anos. Tem 24 olhos e não fica boiando como as águas-vivas. Nada velozmente, em linha reta. Há muitos tipos de águas-vivas caixa, algumas do tamanho de um chapéu, outras bem pequenas, do tamanho de uma unha. Todas têm tentáculos cobertos de células urticantes, carregadas de uma toxina misteriosa. Ninguém sabe do que é composta essa toxina, mas ela mata peixes grandes em alguns segundos, tornando-os refeição fácil para essas águas-vivas de corpo viscoso. Cientistas que as estudam consideram que talvez sejam as criaturas mais letais do planeta.

ATACAR PARA DEFENDER

O veneno, como todos os tipos de armas, pode ser usado para fins de defesa e de ataque. A cascavel, com sua mordida, mata pequenos pássaros e mamíferos em alguns segundos. Mas, quando algo maior a ameaça, ela dá um sinal de alerta chacoalhando as escamas ressecadas de sua cauda; se o animal não recua, a cascavel passa a lutar para se defender. As cobras se retesam e cospem seu veneno pelas presas nos olhos de todo animal grande que ameace pisoteá-las; sua pontaria é surpreendente e elas conseguem até prever os movimentos do inimigo, para cegá-lo o tempo todo com veneno.

O escorpião é parente das aranhas, mas guarda seu veneno na outra extremidade do corpo – o "ferrão do rabo". O ferrão afiado e curvo espeta e solta uma dose de veneno das duas pequenas bolsas acopladas a ele, mas geralmente apenas para se defender.

Não é preciso ser predador para usar um ferrão venenoso. As abelhas são pacíficas coletoras de néctar até que alguém ataque sua colmeia; então se tornam pilotos camicases, ferroando o intruso – embora o ferrão custe a vida da abelha. O veneno da abelha contém uma mistura de substâncias químicas que causam muita dor. Assim, geralmente umas poucas ferroadas já são suficientes para que um ladrão de mel faminto saia correndo em busca de proteção.

DEFESA EXPLOSIVA

As formigas, tal como as abelhas, vivem em colônias – e cada colônia é uma grande família. As formigas são capazes de morrer para defender suas casas e seus parentes, e as formigas-carpinteiras têm uma maneira particularmente cruel de fazê-lo. O corpo das operárias contém glândulas enormes cheias de um veneno grudento. Quando a colônia é ameaçada, as operárias explodem, cobrindo o inimigo de grude. Pequenos predadores, como por exemplo outros insetos, morrem sufocados; outros, como passarinhos, ficam tão grudentos que interrompem o ataque.

Quando não há muitos parentes para proteger, o suicídio é inútil, por isso os besouros-bombardeiros têm uma maneira mais controlada de usar seus explosivos. Mantêm duas substâncias químicas em compartimentos separados em seus traseiros, mas quando se veem ameaçados esguicham as duas substâncias juntas. A mistura é explosiva; numa fração de segundo ela se aquece a ponto de fervura e se lança do ânus do besouro a alta velocidade, num jato tóxico e escaldante. A pontaria do besouro também é boa, pois ele tem pequenas abas em torno da saída do jato que dirigem a mistura diretamente para onde é necessário. O besouro-bombardeiro é bem pequeno, portanto uma pequena esguichada não mantém o predador fora de ação por um período muito longo, mas é o tempo suficiente para que o besouro descubra as asas e empreenda uma fuga aérea.

NÃO FAÇA NADA QUE SEJA MORTÍFERO

Para ser mortífero, não é preciso morder, ferroar ou explodir. Basta ficar parado, sem fazer nada.

Os sapos-ponta-de-flecha da América do Sul são criaturas bem pequenas, que parecem pequenas joias de cores brilhantes, mas estão entre os animais mais venenosos do planeta. Suas cores advertem de que sua pele contém um veneno tão letal que uma pessoa pode morrer só de segurá-lo na mão. Os nativos usam esse veneno na ponta de suas flechas. Os predadores sabem que suas cores vivas significam "quem me comer morre", por isso se mantêm afastados sem que o sapo precise fazer nada para isso.

O baiacu ou peixe-balão emprega a mesma tática. Sua carne é envolvida em veneno, o que o torna uma refeição muito prejudicial para predadores marinhos. Os japoneses, no entanto, consideram o baiacu uma iguaria e o consomem há milhares de anos, embora alguns morram por comer o pedaço errado.

Os cientistas concluíram que os sapos-ponta-de-flecha, o baiacu e algumas outras criaturas tóxicas contêm o mesmo tipo de veneno – o TTX –, mas que não é produzido pelo próprio animal. Eles o obtêm de sua alimentação natural ou de bactérias que vivem em seu corpo. O baiacu de criadouros, isento de micróbios, não tem TTX, e o sapo-ponta-de-flecha criado em cativeiro seria inútil para envenenar as pontas das flechas.

LUGAR ERRADO, HORA ERRADA

Com tantas armas espalhadas pelo mundo animal, é quase inevitável que de vez em quando elas se voltem contra nós. Às vezes isso acontece simplesmente porque nos encontramos no lugar errado na hora errada.

As aranhas são encontradas em todos os *habitats* do planeta, desde as remotas florestas tropicais até o canto do banheiro – ainda bem que a maioria tem presas muito pequenas para penetrar na pele humana. Mas há algumas espécies de aranhas que, com sua picada, conseguem matar um ser humano e gostam de ficar penduradas em cantos escuros de barracões, pilhas de madeira e banheiros externos. A aranha-das--costas-vermelhas australiana e sua parente americana, a viúva-negra, são menores do que um cubinho de açúcar, mas seu veneno é 15 vezes mais tóxico do que o da cascavel e suas presas perfuram a carne humana. A aranha-teia-de-funil muitas vezes cai em piscinas, e, como consegue sobreviver 24 horas no fundo da água, não é seguro resgatá-la.

A aranha que mais matou gente é menos famosa – é a brasileira aranha-armadeira. É do tamanho da palma da nossa mão, tem as glândulas de veneno maiores do que as de todas as outras aranhas e gosta de se esconder dentro de sapatos. O que poderia dar errado?

ERRO DE SERPENTE

As pessoas que trabalham nos campos e nas florestas dos países tropicais muitas vezes se encontram no lugar errado na hora errada quando se trata de serpentes. Andando descalças, perturbam uma serpente acidentalmente e acabam sendo mordidas. Todos os anos, 100.000 pessoas morrem por causa desses encontros acidentais.

Em Tamil Nadu, no sul da Índia, onde muita gente é mordida por serpentes, a Irula Snake Catchers Industrial Cooperative Society (Sociedade cooperativa industrial dos caçadores de serpentes de Irula) está tentando amenizar o problema. Os membros da cooperativa são treinados desde a infância para capturar serpentes letais sem serem mordidos. Cada serpente capturada recebe cuidados, muitos ratos e sapos como alimento e é regularmente "ordenhada". Ordenhar uma serpente significa fazê-la morder um recipiente vazio de modo que o veneno possa ser coletado e usado para produzir antídoto – remédio que combate os efeitos da mordida de serpente. O dinheiro obtido com a venda do antídoto é gasto, para os membros da cooperativa, em sapatos, casas, educação, cuidados com a saúde e tratamento de mordidas de serpente.

Depois, todas as serpentes são devolvidas ao local em que foram capturadas. Isso não se faz apenas porque as serpentes são fontes do valioso antídoto; elas têm também a importante função de exterminar ratos que comeriam ou estragariam alimentos armazenados pelos seres humanos.

COMPLETAMENTE TOLOS

Os seres humanos nem sempre são pobres vítimas. Caçamos e matamos animais deliberadamente e invadimos suas moradas e seus territórios; então, com toda a razão, eles retribuem o ataque. Mas às vezes nos machucamos, não porque pretendemos maltratar algum animal, mas porque fomos completamente tolos.

O urso-pardo pode chegar ao dobro do tamanho de um tigre. Seus maxilares são extremamente poderosos e suas patas são do tamanho de um prato, armadas com garras que chegam a ter 10 cm de comprimento! O urso-pardo é capaz de matar um alce adulto de 800 kg. O urso-negro é menor, de tamanho entre o do leopardo e o do leão, mesmo assim suficiente para derrubar um veado. Então, quando estamos em território de ursos, precisamos usar o cérebro.

Todos os anos, nos Estados Unidos e no Canadá, muitas pessoas são mortas por ursos-pardos e ursos-negros, por não observarem as regras. Talvez algumas levassem sanduíches de presunto na mochila, outras decerto se aproximaram de algum filhote fofinho, achando que a mãe não se importaria. Depois que a

Nunca surpreenda um urso. Faça um ruído para que ele ouça você chegar e saia do caminho.

Nunca jamais tente se aproximar de um urso, menos ainda de seus filhotes.

Não guarde alimentos cheirosos na barraca nem na mochila, pois, se o urso quiser, vai pegá-los — você é apenas uma embalagem, e embalagens se rasgam.

pessoa está morta, os ursos não costumam perder a oportunidade de uma boa refeição e acabam dando umas mordidas em seu corpo.

Usar o cérebro também ajuda a evitar ataques de tubarões. A maioria dos tubarões não quer comer seres humanos. Além de sermos meio ossudos, não somos tão gordos quanto alguns de seus alimentos favoritos, como por exemplo as focas. Mas, se cometemos a tolice de nadar em águas escuras e sombrias, onde costumam ficar suas verdadeiras presas, pode ocorrer algum caso infeliz de erro de identificação. Se o tubarão pegar uma pessoa, provavelmente vai cuspi-la depois, mas ser saboreado por um tubarão-branco de 5 metros de comprimento certamente não faz muito bem para a saúde. Aprender a linguagem dos tubarões ajuda — quando um tubarão encurva as costas, com as barbatanas voltadas para baixo, está querendo dizer "VÁ EMBORA". Quem não entender o recado não vá depois culpar o tubarão.

VOCÊ É JANTAR

Animais que voltam suas armas contra nós para se defender, ou por engano – deles ou nosso –, são tão temíveis quanto os que nos atacam porque somos uma refeição fácil.

Tigres, leopardos e leões sempre foram conhecidos por comer gente, e alguns até se tornam famosos por isso. A tigresa conhecida como "comedor de gente de Champawat" perambulou pelas fronteiras do Nepal e da Índia de 1903 a 1911 e deu cabo de 436 refeições humanas; o antropófago de Panar, um leopardo, devorou 400 pessoas antes de ser morto em 1910; e os leões de Njombe, um bando do sul da Tanzânia, comeram ao todo mais de 1.000 pessoas entre 1932 e 1947.

Os lobos, embora não tão ferozes quanto se afirma, ocasionalmente também fazem um lanche humano. Apesar de serem muito menores do que leões ou tigres, seu jantar humano favorito são crianças de 3 a 11 anos que eles encontram brincando sozinhas ou dormindo ao ar livre. Em 1878, em apenas um estado da Índia, 624 pessoas, na maioria crianças, foram mortas e devoradas por lobos.

Muitos dos famosos comedores de gente do passado incluíram seres humanos no seu cardápio porque foram molestados. Como os humanos se movem lentamente e são abundantes, eram as únicas coisas que esses animais conseguiam pegar. Mas, hoje, felinos grandes e lobos comem pessoas porque há escassez de presas naturais, e nós, seres humanos, estamos por toda parte!

A Reserva de Niassa, em Moçambique, é uma das maiores da África, na qual 30.000 pessoas vivem lado a lado com os leões. Nos últimos 30 anos, houve 75 ataques de leões. Onze pessoas foram mortas desde o ano 2000.

Cientistas e habitantes locais estão trabalhando juntos no projeto carnívoro de Niassa para tentar resolver essa situação. Concluíram que os ataques acontecem quando os leões perseguem suas presas favoritas – porcos selvagens e javalis – por campos e plantações. Nessas ocasiões, os leões encontram pessoas dormindo ao relento ou andando sozinhas no escuro. Esperar que um leão não ataque um ser humano desprotegido é como deixar o assado no chão da cozinha e esperar que o cachorro não venha lambê-lo.

Construir cercas e choupanas mais sólidas pode manter os leões e suas presas longe das plantações e das casas. E deixar uma porção do ambiente natural intocado de modo que as presas dos leões possam medrar diminui drasticamente o risco de ataques.

MORTÍFERO... E MORTO?

Animais armados e perigosos não são muito apreciados. Os seres humanos simplesmente se desvencilham de qualquer animal que seja visto como uma ameaça. Na Inglaterra, os lobos foram exterminados no século XVIII, e na África o número de leões vem caindo muito depressa porque pessoas atacadas por eles reagem matando-os.

No entanto matar animais letais é uma péssima solução, pois eles podem ser muito úteis. Grandes predadores, como leões, tigres, lobos e leopardos podem ser perigosos, mas sem eles o número de animais que comem as plantações aumentaria muito. As serpentes nos mordem, mas cumprem a fantástica tarefa de matar ratos, que, senão, acabariam roendo todos os nossos alimentos. Os predadores também mantêm o equilíbrio natural nos oceanos. O número de tubarões está caindo em todo o mundo, pois esses animais ficam presos nas redes ou suas barbatanas são picadas para virar sopa. Mas, sem os tubarões, o equilíbrio de muitos *habitats* marinhos se rompe e as redes de pesca sobem vazias.

Os predadores têm mais uma grande utilidade. Eles atraem turistas, e turismo significa emprego e dinheiro. Quem pensaria em fazer um safári na África sem leões? É claro que os animais letais precisam de uma maquiagem para compor sua imagem, por nós e por eles também.

VENENOS SALVA-VIDAS

Os animais que têm venenos letais podem ser úteis. Seus venenos são uma mistura de substâncias químicas, e cada uma delas pode ter algum efeito sobre o corpo humano. Assim, talvez possam dar origem a novos medicamentos.

Cientistas conseguiram extrair uma substância química da toxina do escorpião que, segundo eles, adere como cola às células cancerosas. Acrescentando um corante à substância dessa toxina e injetando-a nos pacientes com câncer, os médicos conseguem localizar cada pequena porção de um tumor e removê-la. Extratos de veneno de aranha são usados no tratamento de vítimas de derrame cerebral. Em pequenas doses, veneno de cobra ajuda a aliviar os sintomas da artrite, e os cientistas estão investigando os efeitos do veneno de abelha também no combate à artrite.

Um dos venenos mais potentes é encontrado nos gastrópodes do gênero *Conus*. Como a toxina da água-viva caixa, o veneno é muito potente e mata peixes na hora. O veneno do *conus* é único: compõe-se de centenas de substâncias químicas, e algumas delas têm um efeito muito definido sobre tipos específicos de células nervosas e cerebrais dos seres humanos. Além disso, essas substâncias – diferentemente do veneno de aranhas e serpentes – são fáceis de produzir. Atualmente a toxina do *conus* está ajudando cientistas a produzir novos tipos de analgésicos e a descobrir exatamente como funciona nosso cérebro.

CONVIVENDO COM OS LETAIS

No nosso mundo atual, onde há tanta gente, é importante lembrar que os animais, mesmo os armados e letais, têm o mesmo direito que nós a seu lugar no planeta. Cabe a nós manter-nos em segurança e salvar esses animais, pois, como vimos, isso nos trará todos os tipos de benefícios.

Temos que respeitar as habilidades e o poder dos animais letais e entender que, se não nos comportarmos com sensatez, eles poderão nos fazer mal. Mas isso não significa ter medo dos animais letais por qualquer razão. Cada vez que entramos no mar, temos uma probabilidade 132 vezes maior de nos afogar do que

de sermos mortos por um tubarão. E compartilhamos nossa morada com um descendente muito perigoso do lobo – o cão doméstico, que nos EUA mata cerca de 25 pessoas por ano.

Quando entramos no mundo de um animal selvagem, não devemos esperar que ele seja um monstro ou um amigão. Ele será simplesmente ele mesmo e, se nos atacar com dentes ou garras, ferrões ou venenos, estará apenas fazendo o que milhões de anos de evolução o habilitaram a fazer. Não tem escolha. Só nós, seres humanos, podemos fazer escolhas, e podemos escolher compartilhar nosso mundo, com bastante segurança, até com a mais mortífera das criaturas.

ÍNDICE

A
Abelha 21, 22
África 9, 29, 30
Água-viva 7, 20, 31
Água-viva caixa 7, 20, 31
Águia 18
Águia-real 18
Alce 26
Aranha 20, 24, 31
Aranha-armadeira 24
Aranha-cuspideira 20

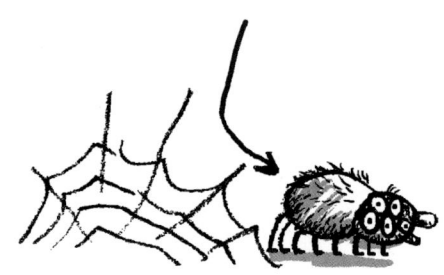

Aranha-das-costas-vermelhas 24
Aranha-das-costas-vermelhas australiana 24
Aranha-teia-de-funil 24
Aranha viúva-negra 24
Aves de rapina 18

B
Baiacu 23
Baleia assassina 14
Besouro 22
Besouro-bombardeiro 7, 22

C
Cão 11, 12, 33

Cão selvagem africano 11, 12
Cascavel 21
Chita 10, 11
Cobras 21
Cooperative Society 25
Coruja 18
Crocodilo 14-5

E

Elefante 9
Enguia elétrica 7, 17
Escorpião 21, 31

F
Falcão 18
Falcão-peregrino 7, 18
Felino 8-11, 29
Foca 14

Formiga 16, 22
Formiga-carpinteira 7, 22
Formiga-de-estalo 16

G
Gavião 18
Gnu 9, 15
Golfinho 13

H
Hipopótamo 9
Humanos 26-7, 29-30, 31-3

I
Índia 9, 25, 28
Irula Snake Catchers Industrial 25

J
Javali 29
Jiboia 19

L
Lagarta 16

Leão 7, 9, 11, 16, 26, 28-9, 30
Leão africano 7
Leão-marinho 14
Leopardo 9, 26, 28, 30
Leopardo de Panar 28
Lobo 11, 12, 28, 29, 30, 33

M
Moçambique 29

N
Naja-cuspideira 7, 21
Nepal 28

O
Onça-pintada 9, 17
Orca 14

P
Peixe-balão 23
Píton 19

Pombo 18

Porco selvagem 29

R
Rato 25

S
Sapo 23, 25
Sapo ponta-de-flecha 7, 23
Serpente 19, 21, 25, 30, 31

T
Tamarutaca 7, 16
Tanzânia 28
Tartaruga marinha 13

Tigre 9, 26, 28, 30
Tigre-de-champawat 28
Tubarão 12-3, 14, 26, 30
Tubarão-branco 13

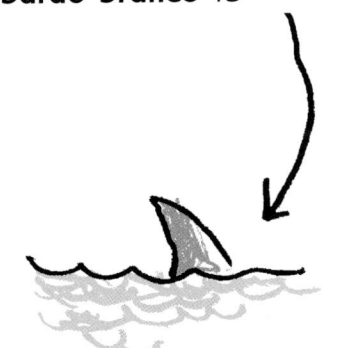

U
Urso 26-7
Urso-negro 24
Urso-pardo 24

V
Veneno 6-7, 19-25, 31, 33
Veneno de abelha 31
Veneno de aranha 31
Veneno de cobra 31
Veneno de conus 31
Veneno de escorpião 31
Veneno de serpente 18, 25, 31
Víbora 19
Víbora-do-gabão 7

Z
Zebra 9, 15

GLOSSÁRIO

Aves de rapina – aves como gaviões, falcões, abutres, águias e corujas, que caçam para matar e comer suas presas.

Bando – grupo familiar de leões que defendem um território, vivem e caçam juntos.

Ecolocalização – uso de ecos da própria voz para se localizar. Morcegos, golfinhos e algumas baleias usam esse procedimento. Alguns seres humanos com deficiência visual também conseguem adotá-lo, até certo ponto.

Evolução – transformação dos seres vivos ao longo de várias gerações de modo que novos tipos de seres passem a existir.

Força g – força sobre um objeto quando ele se acelera. Quanto maior a aceleração, maior a força g. (Faça girar em torno da sua cabeça uma bola presa a um fio e você sentirá a ação da força g.)

Matilha – grupo de lobos, cães selvagens ou cães domésticos que vão juntos à caça.

Predador – animal que caça e mata outros animais para se alimentar deles.

Presa – animal que é caçado por outro para lhe servir de alimento. Alguns animais podem ser presas e predadores ao mesmo tempo. As focas são predadoras de peixes e são presas de ursos polares.

SOBRE A AUTORA

Nicola Davies é autora premiada de muitos livros para crianças. É formada em zoologia. Estudou baleias e morcegos e trabalhou no setor de História Natural da BBC. "Quando pequena, o que eu mais queria era poder falar com os animais", diz Nicola, "mas escrever sobre como eles se comunicam vem em segundo lugar!"
Visite Nicola no *site* **www.nicola-davies.com**

SOBRE O ILUSTRADOR

Neal Layton é um artista premiado que ilustrou mais de sessenta livros para crianças. Também escreve e ilustra seus próprios livros. Sobre este, ele diz: "Desde que ilustrei este livro, mudou para sempre minha maneira de olhar para qualquer animal que pia, tamborila, ronca, ruge, zumbe ou é muito colorido!"
Visite Neal no *site* **www.neallayton.co.uk**
Entre os livros que ilustrou, está *Esse coelho pertence a Emília Brown*, publicado pela Editora WMF Martins Fontes.

Ciência ANIMAL

COMO E POR QUE OS ANIMAIS FAZEM O QUE FAZEM

Se você gostou deste livro, por que não colecionar todos?